DEUXIÈME VENTE

TABLEAUX ANCIENS

PROVENANT

DU

CHATEAU HISTORIQUE

DE

LANGEAIS

HONOS
ADDITVS
IMPRIMERIE DE L'ART

CATALOGUE

DE

TABLEAUX ANCIENS

DES ÉCOLES

Italienne, Allemande, Hollandaise, Flamande et Française

PROVENANT DU

CHATEAU HISTORIQUE

DE LANGEAIS

(Indre-et-Loire)

ET DONT LA VENTE AURA LIEU

HOTEL DROUOT SALLE N° 3

Le Lundi 27 Décembre 1886

A DEUX HEURES

Mᵉ PAUL CHEVALLIER, commissaire-priseur
10, rue de la Grange-Batelière, 10

M. CHARLES MANNHEIM, expert
7, rue Saint-Georges, 7

EXPOSITION PUBLIQUE

SALLES Nᵒˢ **3** ET **4**

Le Dimanche 26 Décembre 1886

DE 1 HEURE A 5 HEURES

CONDITIONS DE LA VENTE

Elle sera faite au comptant.

Les acquéreurs paieront, en sus des adjudications, *cinq pour cent* applicables aux frais.

Paris. — Imp. de l'Art. E. MÉNARD et J. AUGRY
41, rue de la Victoire, 41.

DÉSIGNATION DES TABLEAUX

1 — **Albane** (D'après). *La Toilette de Vénus.*

> Toile. Haut., 60 cent.; larg., 72 cent.

2 — **Alsloot.** *Dames et Seigneurs en costume Louis XIII, attablés dans un parc.*

> Toile. Haut., 1 m. 18 cent.; larg., 1 m. 88 cent.

3 — **Bassan.** *Le Repas à Emmaüs.*

> Toile. Haut., 1 m. 10 cent.; larg., 1 m. 92 cent.

4 — **Beuckelaer** (J.). *Cuisinière,* vue à mi-jambes, entourée de victuailles.

> Bois. Haut., 1 m. 10 cent.; larg., 1 m. 57 cent.

5 — Bibiena (École des). *Intérieur d'un palais à colonnes torses.*

Toile. Haut., 68 cent.; larg., 1 m. 17 cent.

6 — Blain de Fontenay (Attribué à). *Vase d'orfèvrerie, fleurs et rideaux.*

Toile. Haut., 1 mètre ; larg., 86 cent.

7 — Bles (H. Met de). *Saint Christophe portant l'Enfant Jésus.*

Bois. Haut., 48 cent.; larg., 28 cent.

8 — Bosschaert (Daté de 1713). *Vases de fleurs.* Deux panneaux décoratifs formant pendants.

Toile. Haut., 1 m. 48 cent.; larg., 1 m. 14 cent.

9 — Boucher (D'après). *Léda au bain.*

Bois. Haut., 24 cent.; larg., 32 cent.

10 — Breughel et **Van Balen**. *Les Quatre Éléments.*

Groupe de figures allégoriques entouré d'oiseaux, d'animaux, de poissons, d'armures, etc., dans un paysage.

Bois. Haut., 53 cent.; larg., 98 cent.

11 — Bronzino (École de). Portrait à mi-jambes, de grandeur naturelle, d'un guerrier portant une belle armure à ornements dorés.

Toile. Haut., 1 m. 17 cent.; larg., 90 cent.

12 — Carrache (École des). *Le Temps enlevant la Vérité.* Plafond.

Toile. Haut., 1 m. 70 cent.; larg., 1 m. 70 cent. environ

13 — Ceppeluni (Filippo). Signé. *La Vierge et deux saintes femmes apparaissant à un dominicain agenouillé.*

Toile. Haut., 1 m. 96 cent.; larg., 1 m. 52 cent.

14 — **Champaigne** (Attribué à **Philippe de**). *Portrait d'une religieuse*, vue à mi-corps, tenant un crucifix.

En haut des armoiries, l'inscription : Marie Élisabeth, et la date 1655.

Toile. Haut., 75 cent.; larg., 61 cent.

15 — **Chardin** (Genre de). *La Couturière.*

Toile ovale. Haut., 32 cent.; larg., 27 cent.

16 — **Coypel** (D'après). *Esther et Assuérus.*

Toile. Haut., 80 cent.; larg., 98 cent.

17 — **Desportes** (Genre de). *Chien en arrêt sur un canard sauvage.*

Toile. Haut., 88 cent.; larg., 1 m. 16 cent.

18 — **Desportes** (Attribué à). *Trophée de chasse, corbeille et saladier de fruits.*

Toile. Haut., 1 m. 10 cent.; larg., 86 cent.

19 — **École allemande**. xve siècle. Deux panneaux : *Jésus devant Pilate* et *la Montée au Calvaire.*

Bois. Haut., 97 cent.; larg., 1 mètre.

20 — **École allemande**. xviiie siècle. *Portrait d'une Princesse d'Allemagne*, vue à mi-corps, revêtue du manteau de pourpre doublé d'hermine.

Toile. Haut., 72 cent.; larg., 58 cent.

21 — **École allemande**. xviiie siècle. Deux portraits : *Prince* et *Princesse.*

Toile. Haut., 43 cent.; larg., 29 cent.

22 — **École allemande**. xvie siècle. *Portrait de femme,* à mi-jambes, en robe noire, avec cornette blanche et ceinture d'or. Daté 1569.

Bois. Haut., 1 m. 5 cent.; larg., 75 cent

23 — **École de Bologne**. *Sainte Cécile.*

Toile. Haut., 1 m. 20 cent.; larg., 90 cent.

24 — École de Bruges. Fin du xv⁰ siècle. *Le Christ déposé de la croix.*

Bois. Haut., 1 m. 5 cent.; larg., 70 cent.

25 — École espagnole. *Guerrier à cheval.*

Toile. Haut., 1 m. 25 cent.; larg., 95 cent.

26 — École espagnole. *Sainte Thérèse.*

Toile. Haut., 2 m. 30 cent.; larg., 1 m. 70 cent.

27 — École ferraraise du xvi⁰ siècle. *Deux Pères de l'Église, debout.*

Bois. Haut., 1 m. 25 cent.; larg., 50 cent.

28 — École flamande. *Scène de la Ligue.*

Cadre en bois sculpté et doré.

Toile. Haut., 80 cent.; larg., 1 mètre.

29 — École flamande. xvii⁰ siècle. *Portrait d'homme,* en buste, barbe blanche, vêtement et chapeau noirs.

Bois octogone. Haut., 36 cent.; larg., 26 cent.

30 — École flamande. Deux tableaux de salle à manger : *les Marchands de poissons* et *les Marchandes de volailles.*

Toile. Haut., 1 m. 12 cent.; larg., 1 m. 52 cent.

31 — École flamande. *La Partie de cartes.*

Toile. Haut., 1 m. 12 cent.; larg., 1 m. 50 cent.

32 — École flamande. *Groupe de gentils-hommes chevauchant dans la campagne.*

Bois. Haut., 72 cent.; larg., 1 m. 70 cent.

33 — École flamande. xve siècle. *L'Adoration des Rois mages.*

Les costumes, les nimbes et le fond sont dorés.

Bois. Haut., 1 m. 30 cent.; larg., 70 cent.

34 — École flamande. xvie siècle. Deux panneaux représentant chacun un saint personnage vêtu d'un riche costume du xve siècle, sur fond gaufré et doré.

Bois. Haut., 1 m. 20 cent.; larg., 54 cent.

35 — École flamande. xvᵉ siècle. *Scène de miracle.*

Bois. Haut., 85 cent.; larg., 48 cent.

36 — École flamande. xvıᵉ siècle. *Le Christ apparaissant à la Madeleine en jardinier.*

Toile. Haut., 35 cent.; larg., 75 cent.

37 — École flamande. *La Sainte Famille aux anges.*

Bois. Haut., 48 cent.; larg., 63 cent.

38 — École flamande. *Repas d'amazones devant le péristyle d'un palais.*

Toile. Haut., 88 cent.; larg., 1 m. 15 cent.

39 — École française. *Portrait de femme,* vue à mi-corps, tenant une lettre.

Toile. Haut., 85 cent.; larg., 65 cent.

40 — **École française**. *Portrait de jeune fille caressant un chien.*

Toile. Haut., 70 cent.; larg., 55 cent.

41 — **École française**. *Portrait de jeune femme*, représentée à mi-jambes dans un parc, tenant une guirlande de fleurs.

Cadre ancien en bois sculpté.

Toile. Haut., 1 m. 30 cent.; larg., 97 cent.

42 — **École française** du temps de Louis XIV. *Vase doré entouré d'une guirlande de fleurs.*

Toile. Haut., 1 m. 30 cent.; larg., 95 cent.

43 — **École française**. *Portrait de Sully*, représenté de grandeur naturelle, revêtu de l'armure et montrant un plan de fortification.

Toile. Haut., 1 m. 35 cent.; larg., 98 cent.

44 — **École française**. *Jeune Femme jouant de la vielle.*

Haut., 1 mètre ; larg., 80 cent.

45 — **École française**. XVIIIe siècle. Quatre dessus de portes : *Scènes galantes.*

Toile. Haut., 40 cent.; larg., 1 m. 50 cent.

46 — **École française**. *Violon suspendu à un mur.*

Toile. Haut., 78 cent.; larg., 42 cent.

47 — **École française**. *Portrait de femme,* accoudée sur une console dorée.

Toile. Haut., 90 cent.; larg., 70 cent.

48 — **École française**. XVIIe siècle. *Deux anges tenant une banderole.*

Toile. Haut., 1 m. 6 cent.; larg., 1 m. 42 cent.

49 — **Ecole française**. *Nature morte : fruits, pain, radis, etc.*

Toile. Haut., 1 m. 11 cent.; larg., 86 cent.

50 — École hollandaise. xviie siècle. *Por-*
trait d'une fillette, en pied, tenant un
chardonneret.

Bois. Haut., 90 cent.; larg., 67 cent.

51 — École hollandaise. *Portraits de trois*
petites filles, en pied, tenant une cou-
ronne de fleurs.

Toile. Haut., 1 m. 40 cent.; larg., 1 m. 50 cent

52 — École hollandaise. *Jeune garçon*
allumant une chandelle.

Toile. Haut., 60 cent.; larg., 50 cent.

53 — École hollandaise. *Un Missel.*

Bois. Haut., 42 cent.; larg., 52 cent.

54 — École hollandaise. *Vase de fleurs.*

Toile. Haut., 1 m. 25 cent.; larg., 95 cent.

55 — École hollandaise. *Fruits et légumes.*

Toile. Haut., 46 cent.; larg., 54 cent.

56 — École hollandaise. *Portrait de petite fille*, en pied, tenant une corbeille de fleurs.

Toile. Haut., 1 m. 20 cent.; larg., 80 cent.

57 — Ecole hollandaise. Intérieur d'un palais dont les murs sont décorés de tableaux. Au fond, à droite, l'artiste a placé l'épisode de Joseph et Putiphar.

Toile. Haut., 1 m. 6 cent.; larg., 1 m. 62 cent.

58 — École italienne. *Vue de la place Navone, à Rome.*

Toile. Haut., 1 m. 22 cent.; larg., 1 m. 70 cent.

59 — École italienne. *Monuments en ruines et figures.*

Deux pendants.

Toile. Haut., 1 m. 18 cent.: larg., 1 m. 62 cent.

60 — École italienne. *Bethsabée au bain.*

Toile. Haut., 94 cent.; larg., 1 m. 28 cent.

61 — École italienne. *Le Marchand de poissons.*

Toile. Haut., 1 m. 5 cent.; larg., 1 m. 50 cent.

62 — École italienne. *Vénus et les Amours.*

Haut., 1 m. 20 cent.; larg., 96 cent.

63 — École italienne. *Fleurs, fruits et animaux.*

Deux pendants.

Toile. Haut., 1 m. 16 cent.; larg., 1 m. 67 cent.

64 — École italienne. *La Parade des comédiens.*

Deux pendants.

Toile. Haut., 95 cent.; larg., 75 cent.

65 — École italienne. *Saint Michel, sainte Catherine, la Madeleine, etc.*

Toile. Haut., 1 m. 80 cent.; larg., 1 m. 10 cent.

66 — École italienne. *Portrait d'homme,* à mi-jambes, portant une riche armure à bandes gravées et dorées.

Toile. Haut., 1 m. 18 cent.; larg., 90 cent.

67 — École italienne. *Le Jugement dernier.*

Toile. Haut., 1 m. 30 cent.; larg., 1 m. 58 cent.

68 — École italienne. xvɪᵉ siècle. Deux panneaux représentant, l'un, un saint évêque; l'autre, une donatrice avec sa patronne sainte Catherine.

Bois. Haut., 90 cent.; larg., 38 cent.

69 — École italienne. *Sainte Famille.*

Cadre en bois noir sculpté.

Bois. Haut., 1 m. 20 cent.; larg., 94 cent.

70 — École italienne. xvɪɪɪᵉ siècle. *Portrait en pied d'un prince de la maison de Savoie.*

Toile. Haut., 2 mètres; larg., 1 m. 55 cent.

71 — École vénitienne. xvɪᵉ siècle. Deux panneaux avec encadrements dorés en forme d'arcades. L'un représente un Saint Évêque debout, l'autre Sainte Barbe.

Bois. Haut., 1 m. 57 cent.; larg., 80 cent.

72 — École vénitienne. *Le Christ et les Apôtres,* vus à mi-corps.

Bois. Haut., 44 cent.; larg., 1 m. 24 cent.

73 — École vénitienne. *Portrait présumé de Marie Stuart.*

> Toile. Haut., 88 cent.; larg., 67 cent.

74 — Flinck (Govaert). *Jeune Fille debout, tenant un faucon.*

> Toile. Haut., 1 m. 42 cent.; larg., 1 m. 4 cent.

75 — Franck. *La Reine de Saba offrant des présents à Salomon.*

> Toile. Haut., 95 cent.; larg., 1 m. 70 cent.

76 — Franck (F.). *La Mort visitant le Riche.*

Peinture sur cuivre, dans un cadre Louis XIII à moulures noires guillochées, et plaqué d'écaille.

> Haut., 16 cent.; larg., 13 cent.

77 — Franck (École des). *Intérieur d'une galerie de tableaux.*

Au premier plan, groupe de figures allégoriques autour d'une table couverte de bijoux.

> Toile. Haut., 1 m. 75 cent.; larg., 2 m. 60 cent.

78 — Grimoux. *Cuisinière plumant une volaille.*

> Toile. Haut., 90 cent.; larg., 70 cent.

79 — Guaspre (École du). Paysage : *Joseph vendu par ses frères.*

> Toile. Haut., 1 m. 50 cent.; larg., 2 m. 15 cent.

80 — Guaspre (École du). *Isaïe enlevé au ciel.*

> Toile. Haut., 1 m. 50 cent.; larg., 2 m. 15 cent.

81 — Guido Reni (D'après). *L'Enlèvement de Déjanire.*

> Toile. Haut., 1 m. 70 cent.; larg., 1 m. 32 cent.

82 — Guido Reni (D'après). *La Madeleine visitée par deux anges.*

> Toile. Haut., 1 m. 70 cent.; larg., 1 m. 32 cent.

83 — Guido Reni (D'après). *David vainqueur de Goliath.*

> Toile. Haut., 2 m. 10 cent.; larg., 1 m. 54 cent.

84 — Van Herp (Genre de). Quatre tableaux représentant l'histoire d'un moine.

> Toile. Haut., 70 cent.; larg., 88 cent.

85 — Honthorst (Gérard). *Le Joueur de violon*, vu à mi-corps.

Toile. Haut., 82 cent.; larg., 64 cent.

86 — Honthorst (Gérard). *Jeune Femme jouant de la basse*, vue à mi-corps.

Toile. Haut., 82 cent.; larg., 64 cent.

87 — Le Brun (École de). *Le Martyre d'un saint.*

Toile. Haut., 70 cent.; larg., 97 cent.

88 — Lemoine (École de). *Persée délivrant Andromède.*

Toile. Haut., 1 m. 52 cent.; larg., 70 cent.

89 — Léonard de Vinci (École de). *Léda.*

Toile. Haut., 1 m. 60 cent.; larg., 1 m. 2 cent.

90 — Lesueur (Attribué à). *L'Incrédulité de saint Thomas.*

Toile. Haut., 98 cent.; larg., 60 cent.

91 — Van Loo. *La Collation.*

Toile. Haut., 80 cent.; larg., 98 cent.

92 — Maltais (Le Chevalier). *Vases d'orfèvrerie et Tapis.*

Toile. Haut., 92 cent.; larg., 1 m. 30 cent.

93 — Meuninxhove (F.). *Intérieur d'une
église catholique des Flandres,* animé
de figures attribuées à Janssens.

Toile. Haut., 96 cent.; larg., 1 m. 44 cent.

94 — Mignard (École de). *Portrait supposé
de M*^{me} *de Montespan,* représentée en
pied dans une grotte, étendue sur
une natte et tenant un livre de
prières.

Toile. Haut., 1 m. 17 cent.; larg., 1 m. 85 cent.

95 — Mignard (École de). *Portrait à mi-
corps de Marie-Marguerite de Cosse,
duchesse de Villeroy.*

Toile. Haut., 68 cent.; larg., 97 cent.

96 — Mignard (École de). *Portrait supposé de M*^{lle} *de Lavallière,* en costume
blanc.

Toile. Haut., 1 m. 3 cent.; larg., 86 cent.

97 — **Moreelse** (Attribué à P.). *Deux por-traits* à mi-jambes, homme et femme, en costumes noirs avec larges fraises tuyautées.

Bois. Haut., 1 m. 4 cent.; larg., 72 cent.

98 — **Murillo** (École de). *Groupe de petits bohémiens.*

Toile. Haut., 51 cent.; larg., 39 cent.

99 — **Murillo** (École de). *Religieux en extase, entouré d'une gloire d'anges.*

Toile. Haut., 1 m. 42 cent.; larg., 1 m. 5 cent.

100 — **Panini** (École de). *Soudards arrêtés au milieu de ruines.*

Toile. Haut., 62 cent.; larg., 55 cent.

101 — **Peeters (Clara).** *Chat et poissons.*

Bois. Haut., 32 cent.; larg., 46 cent.

102 — **Piazzetta.** *Le Marchand de fro-mages* et *la Marchande de cerises.*

Deux pendants

Toile. Haut., 1 m. 15 cent.; larg., 72 cent.

103 — Prud'hon (D'après). *La Justice poursuivant le crime.*

Toile. Haut., 1 m. 32 cent.; larg., 1 m. 58 cent.

104 — Raoux (Genre de). *Portrait de jeune fille*, vue à mi-corps, de face, en robe rose et manteau bleu.

Toile. Haut., 80 cent.; larg., 63 cent.

105 — Ribera (École de). *Bergers et leurs troupeaux.*

Toile. Haut., 1 m. 28 cent.; larg., 96 cent.

106 — Ricci. *Les Sept Sacrements.*

Toile. Haut., 46 cent.; larg., 2 m. 26 cent.

107 — Rottenhamer. *Allégorie de l'Abondance.* Groupe de femmes et d'Amours.

Toile. Haut., 1 m. 70 cent.; larg., 2 m. 40 cent.

108 — Salvator (Genre de). *Tobie et l'Ange.*

Toile. Haut., 1 m. 68 cent.; larg., 1 m. 18 cent.

109 — **Tilborgh (Gille Van).** *Famille hollandaise dans un paysage.*

Toile. Haut., 96 cent.; larg., 1 m. 16 cent.

110 — **Titien** (D'après le). *Vénus couchée.*

Toile. Haut., 1 m. 15 cent.; larg., 1 m. 60 cent.

111 — **Titien** (D'après le). *Femme couchée.*

Toile. Haut., 1 m. 20 cent.; larg., 75 cent.

112 — **Torrès (D. Olympia de).** *Portrait d'un saint évêque,* en pied.

Toile. Haut., 2 m. 28 cent.; larg., 1 m. 30 cent.

113 — **Verdier.** *Jésus et la Samaritaine.*

Toile. Haut., 1 m. 23 cent.; larg., 1 m. 60 cent.

114 — **Véronèse** (D'après **Paul**). *Les Noces de Cana.*

Toile. Haut., 1 m. 50 cent.; larg., 2 m. 15 cent.

115 — **Véronèse** (D'après **Paul**). *L'Enlèvement d'Europe.*

Toile. Haut., 1 m. 25 cent.; larg., 1 m. 65 cent.

116 — **Vestier** (Attribué à). *Portrait de jeune femme*, la tête couverte d'un voile et couronnée de fleurs.

Toile ovale. Haut., 62 cent.; larg., 53 cent.

117 — **Vien** (D'après). *La Baigneuse.*

Toile. Haut., 91 cent.; larg., 67 cent.

118 — **Willaerst (A.).** *Flotte hollandaise.*

Toile. Haut., 1 m. 10 cent.; larg., 1 m. 92 cent.

RED. :

16

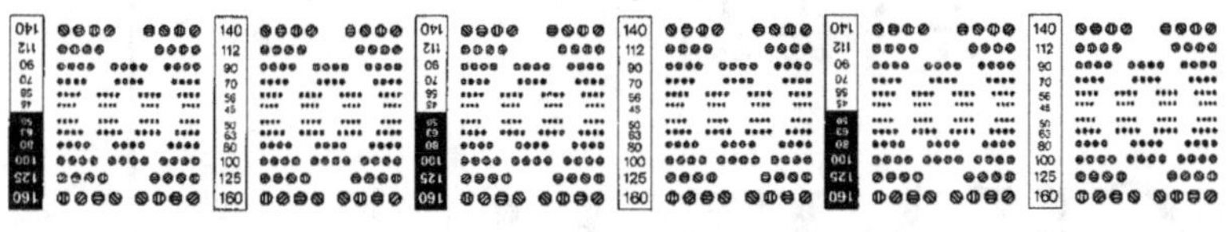

379.89.70
graphicom

0 1 2 3 4 5 6 7 8 9 10